언제나 너와 함께

글 · 그림 송선진

가을이 되자 고슴도치는 몹시 바빠졌어.

'가을은 너무 성가셔'

'나뭇잎을 떼어 내도 계속 묻어져 나오잖아!'

고슴도치 보보는 거울을 보며 혼잣말을 했어.

보보는 자신의 몸에 돋아난 가시와 가시 사이에

가느다란 나뭇가지가 끼이지는 않았는지

혹은 바스락거리는 마른 나뭇잎이 묻지는 않았는지

자세히 살펴보았어.

드디어 마지막 남은 나뭇잎을 떼어 낸 보보는 집을 나섰지.

한낮에 햇살이 지나간 자리에는
따스한 온기가 고스란히 남아있었어.
보보는 한 걸음씩 땅 위를 걸을 때마다
발끝에서 전해지는 따뜻함이
몸 안을 타고 들어와
자신을 감싸 안아주는 것 같았지.

'누군가 나와 함께 걸어가는 것 같아.'

보보는 진지하게 생각했어.

반짝하고 사라지는 마음이 아니라

진심으로 바라고 원했어.

도토리나무 숲길 사이로

보보는 걷고 또 걸었어.

느티나무 강가에 다다랐을 때

어느새 달은 별과 함께

하늘 위에 다정하게 떠 있었지.

보보는 잠시 가던 길을 멈추고

바위 의자에 앉아 달과 별을 바라보았어.

'어두운 밤을 환하게 비춰주는 달과 별이 있어서 다행이야!'

도토리나무 숲길 너머로

부엉이 소리가 이따금 들리기는 했지만

달과 별이 곁에 있다고 생각하니

조금도 무섭지 않았어.

고요하게 흐르는 강물 위로

달과 별 그리고 보보가 함께 있었지.

강둑 위로 살며시 맑은 바람이 불어왔어.

숲과 강 그리고 모든 것을 품은 바람이었지.

보보는 그 바람을 감싸 안았어.

바람은 보보에게 두두를 떠오르게 한 선물 같았어.

두두는 보보의 친구야.

상냥하고 마음씨 고운 들쥐였지.

보보의 따스했던 기억 속에는

항상 두두가 곁에 있었어.

'우리는 친구야'

두두는 모두에게 친절했어.

가끔 두두를 괴롭히는 못된 친구들도 있었지만

두두는 별로 신경 쓰지 않았어.

보보는 두두가 정말 대단하다고 생각했어.

보보는 모두에게 친절하지 않았고

못된 친구에게는 똑같이 대해 주었거든.

두두와 보보는 서로 달랐지만

두두 곁에는 보보가

보보의 곁에는 두두가 있었어.

'곁에 있어 주어서 고마워'

보보는 두두를 생각하며
다시 사과나무 길 1번지로 향했어.
'집으로 가자. 집으로 가자.'

집에 도착한 보보는

난로에 불을 때고 물을 끓이기 시작했어.

보보는 여름에 창가에 말려놓았던

옥수수알갱이를 냄비에 넣어

세상에서 가장 맛있는 옥수수죽을 만들었지.

집은 금세 따뜻해졌고 보보는 식탁에 앉아

옥수수죽을 먹으며 오늘 하루 있었던 일들을 생각했어.

보보는 김이 폴폴 나는 옥수수죽을

호호~ 불어가며 아주 맛있게 먹었어.

'마음까지 따뜻해져'

옥수수죽은 달콤하면서도 부드러웠고
보보에게 '오늘 하루도 잘 보냈어!'라고
토닥여 주는 것 같았지.

'보보야 수고했어'

보보는 이렇게 맛있는 옥수수죽을

혼자 먹어도 좋겠지만

누군가 함께 먹는다면 더 좋겠다고 생각했어.

보보는 그 누군가가 두두였으면 좋겠다고 생각했어.

'두두가 생각나'

옥수수죽을 담은 그릇은

깨끗하게 비워졌고 보보는 낮 동안에

햇살에 보송하게 말려놓은 이불 안으로 쏙 들어갔어.

이불은 포근했고 맑은 햇살 냄새가 더해져

더할 나위 없이 편안했어.

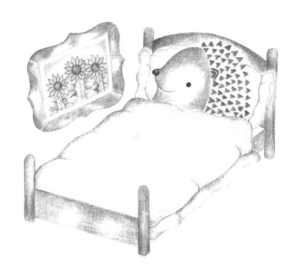

잠은 스르르~ 보보를 꿈길로 인도했어.

보보는 그날 밤 꿈속에서 두두를 만났어.

해바라기가 가득한 꽃길 사이를 함께 걸었지.

한 발짝 한 발짝

서로의 발걸음을 맞추며

함께 마음을 나누었어.

보보는 두두를 집으로 초대해

달콤하고 부드러운 옥수수죽을 만들어

함께 나누어 먹었어.

"네가 만든 옥수수죽은 정말 맛있어!"

"맛있는 음식을 만들어 줘서 정말로 고마워. 친구야!"

두두는 양 볼 가득히 옥수수죽을 아주 맛있게 먹었어.

보보에게 칭찬도 아끼지 않았지.

보보는 행복했어. 정말로.

두두도 같은 마음이었지.

'함께라서 정말 감사해'

잠에서 깨어난 보보는

두두와 함께했던 시간이 꿈이었다는 걸 알게 되었어.

'그래도 다행이야. 보고 싶었던 두두를 만났으니까.'

보보는 아쉬운 마음보다 감사한 마음이 더 컸어.

'넬 위해 기도해'

그날 이후,

보보는 두두가 정말로 곁에 있는 것처럼 느껴졌어.

혼자서 해바라기 꽃길을 걸을 때도

옥수수죽을 먹을 때에도

보보는 두두와의 추억을 생각했어.

보보는 깨달았지.

두두는 언제나 보보와 함께하고 있었다는 것을.

보보는 두두에게 마음을 담아 편지를 썼어.

두두에게

사랑하는 친구 두두야.

보고 싶은 내 친구야.

며칠 전 꿈속에서 너를 만났어.

너무 그리워지고 보고 싶었던 너를 만나

나는 얼마나 행복했는지 몰라.

언젠가 널 다시 만나는 날,

함께 하고 싶은 게 너무 많아.

두두야, 너도

그곳에서 잘 지내고 있겠지.

그리운 친구야.

네가 너무너무 보고 싶어.

사랑해 친구야 그리고 고마워.

친구 보보가

'너에게 주고 싶어'

언제나 너와 함께

발 행 | 2020년 09월 08일
저 자 | 송선진
펴낸이 | 한건희
펴낸곳 | 주식회사 부크크
출판사등록 | 2014.07.15(제2014-16호)
주 소 | 서울시 금천구 가산디지털1로 119, SK트윈타워 A동 305호
전 화 | 1670-8316
이메일 | info@bookk.co.kr

ISBN | 979-11-372-1754-6

www.bookk.co.kr